우리가 너를 선택한 이유

Why I Chose You

by Gregory E. Lang

우리가 너를 선택한 이유

그레고리 E. 랭 글 · 사진 | 재닛 랭포드 모란 사진 | 이혜경 옮김

나무생각

한 아이에게 사랑하는 가족을 선사하기 위해

자신의 마음과 가정을 활짝 연 세상의 모든 남녀에게 바칩니다.

개인주의로 황폐해진 시대에 한 줄기 단비 같은 책이 나와서 얼마나 기쁜지!

이 책의 첫 장을 펼치는 순간, 옛 친구 지나가 떠올랐다. 《주홍 글씨》의 작가 나다니엘 호손의 생가가 있는 미국 세일럼의 한 기념품 가게에서 일하던 지나. 어느 날 그녀는 자신의 가게가 파산했으며, 폐암 말기로 인해 고향 에콰도르로 돌아간다며 작별을 고했다. 돌이 채 되지 않은 지나의 어린 딸은 변호사 부부에게 입양되어 엄마와 생이별을 해야 했다. 한국적인 핏줄의식이 강했던 내게는 비정하고 무책임한 처사로만 여겨졌다.

십수 년의 세월이 흐른 지금에야 비로소 나는 지나의 고뇌를 이해하게 되었다. 피눈물로 내린 용단이었음을, 죽음을 목전에 둔 엄마가 딸에게 줄 수 있는 최선의 모정이었음을……

만약 그때 지나가 생살을 찢는 통렬한 아픔을 무릅쓰지 않았다면, 행방불명인 아빠, 유학에 실패하고 죽어간 젊은 엄마 뒤에 고아로 남겨진 어린 딸 주디는 지금 어떻

게 되었을까. 지나의 말대로 주디는 단지 그녀의 태를 빌어 태어난 양부모의 딸인지도 모르겠다. 분명 세상에는 운명으로 맺어진 가족뿐 아니라, 사랑으로 선택한 새 가족도 존재한다. 혈연의 양육의무를 넘어선 '사랑의 가족' 이야말로 존귀한 인연, 숭고한 사랑이리라.

우리나라도 공개입양이 늘고, 독신자에게도 입양허용을 할 만큼 의식전환이 일고 있다. 릭 워렌*은 "부모의 실수로 태어난 아이는 있어도, 신神의 계획 밖에서 태어난 아이는 없다."고 했다. 우리 모두 사랑의 메신저와 같은 이 귀한 책을 통해, 어린 주디들이 신의 아이들임을 다시 한 번 깨닫게 되기를 소망한다. 행복바이러스가 이 책을 읽는 독자들의 가슴에서 가슴으로 널리 번져가기를!

임사라 (동화작가)

* 《목적이 이끄는 삶》의 저자

지금까지 일곱 권의 책을 내면서 나는 많은 아름다운 가정을 알게 되는 축복을 누렸다. 깨가 쏟아지는 신혼 부부와 오십여 년을 함께 살아온 부부, 첫아이를 기다리는 부부와 자식을 여덟 명이나 둔 부부, 재혼한 가정, 가족이 없는 아이를 데려와서 이루어진 가정 등. 이 책에서는 맨 나중에 언급한, 가족의 일부 또는 전부가 입양으로 이루어진 가정을 다룬다.

낯선 아이를 기꺼이 받아들이는 너그러운 마음씨를 존중하고, 오랜 시간이 걸리는 까다로운 입양 절차를 선택하기로 한 결정을 칭송하며, 혈육이 아닌 아이에게 첫눈에 애정을 느끼고 가정을 선사하는 놀라운 능력을 존경한다.

아이를 키우는 일은 권리가 아니라 값을 따질 수 없는 소중한 선물이다. 그 선물이 어디서 왔는지가 중요한 게 아니라 그 선물을 받았다는 사실이 중요하다. 입양하는 부모들이 아이를 선택하는 데는 의문의 여지가 없다. 두 팔을 벌려 그들만을 위한 귀한 선물을 받아들이기로 선택하는 것이다. 자연적으로 아이를 얻는 것과 입양의 다른 점이 바로 이런 선택 행위이다. 이미 자녀를 둔 부모들이 이런 선택을 하는 경우도 많고 그렇지 않은 경우도 있지만, 입양된 아이가 확실히 알고 있는 한 가지 사실은 그 부모가 자기를 원했고 찾아다녔다는 사실이다. 그리고 아이는 성장기를 통해, 자기를 입양하기 위해 부모가 극복해야 했던 어려움들을 이해하면서 그것이 얼마나 큰 축복인지 깨닫게 된다.

국내 입양이든, 국제 입양이든 영아든 청소년이든, 건강한 아이든 특별한 관심이 필요한 아이든 모든 입양아들에게는 한 가지 공통된 진실이 있다고 나는 생각한다. 그 아이들의 삶 속에 채워져야 할 공백이 있었다는 사실이다. 또 부부든 편부모든, 아이가 없는 부부든, 아이가 많은 부부든 입양아를 둔 부모들에게 공통된 한 가지 진실이 있다. 그 공백을 보고 채워주고 싶은 욕구가 생겼다는 점이다. 이는 내 눈으로 직접 목격했기 때문에 진실이라고 확신한다.

내가 아는 한 여성은 우연히 지구 반대편에 살고 있는 한 아이에 대해 알게 되었다. 그 아이는 그녀가 잘 아는 병을 앓고 있었다. 지금은 건강하고 행복하게 그녀와 남편의 보살핌을 받으며 살고 있다. 또, 공원에서 구두 상자에 넣어 버려진 갓난아기를 발견한 부부가 있었는데, 그들은 곧 아이의 양부모가 되는 절차를 밟았고 지금은 입양 마무리 단계에 있다.

특별한 관심과 도움이 필요한 아이를 입양한 부부도 있다. 그들은 특수아들을 헌신적으로 돌보면서 크나큰 축복을 받았다고 생각한다. 이 밖에도 감동적인 사연을 가진 많은 가족들을 알고 있다. 결론은 모두 똑같다. 그들은 가족이 늘어나 더 행복해했고 아이는 무조건적인 사랑을 받게 되었으며 함께 아름다운 추억을 만들어갔다.

이 책을 쓰는 데 도움을 준 사람들에게 왜 입양을 선택했는지 물으면 대답은 매우 다양했다. 다음은 그 중에서 결코 잊을 수 없는 대답들이다.

"누군가에게 살아가면서 필요한 것들을 찾을 수 있도록 날개와 자유를 선사하고 싶었어요." "아이들에게는 반드시 가족이 있어야 해요. 내게는 그러한 가족이 있었거든요." "우리처럼 항상 뭔가를 추구하는 사람들에게 가장 좋은 종착역은 부모가 되는 일이니까요."

이 말들은 내가 이 책에 쓸 100가지 이유를 생각하는 데 도움을 주었을 뿐 아니라 무엇 때문에 자식을 사랑해야 하며 부모 노릇이 얼마나 중요한지를 새삼 깨닫게 했다. 그 무엇보다, 내가 가장 가치 있게 여기고 절실히 원했던 부모 역할이 현실감 있게 다가왔다. 그때 비로소 나는 지금까지 만났던 사람들에게 깊은 유대감을 느꼈고, 이것은 그 가족들에게도 마찬가지라는 사실을 알았다.

입양을 통해 자식을 얻는 이유는 너무나 많다. 입양한 부모들 중에는 아이를 절실히 원하지만 가질 수 없는 사람들이 있다. 부모 역할에 너무나 성취감을 느낀 나머지 친자식들 말고도 더 많은 자식을 원하는 사람들도 있다. 이런 부모들은 입양 절차를 통해 그들이 자녀를 원하는 만큼이나 절실하게 부모의 사랑과 양육이 필요한 아이들을 만난다. 어떤 경우든 입양한 부모들은 아이들에게서 결핍된 부분을 알고 그들에게 안정된 가정을 제공하게 된다. 그리고 아이들은 자신이 받은 사랑과 애정으로 활짝 피어날 것이다.

그런 선택이 아이에게 사랑과 애정을 주고, 그런 선택이 입양을 통한 가정을 이루게 한다. 그리고 이 책은 그런 선택을 찬양한다. 《우리가 너를 선택한 이유》는 가슴에 품은 사랑이 너무 커서 가족이 필요한 누군가에게 자신의 가정을 활짝 열기로 한 사람들에 관한 책이며, 그들은 단호하게 이렇게 말할 수 있는 사람들이다.

"넌 이제 우리 가족이 되었단다. 착하고 사랑스런 아가야. 너는 지금뿐 아니라 앞으로도 늘 내가 사랑하기로 한 아이야. 널 진심으로 환영한다."

내가 너를 선택한 것은
네가 우리 가정에 더 많은 사랑을 가져다주길 원해서란다.

I chose you
because I wanted the extra love that you
would bring to my family.

내가 너를 선택한 것은

좀 더 의미 있는 목적으로 채워진 나날을 보내고 싶어서란다.

I chose you
to fill my days with a more meaningful purpose.

내가 너를 선택한 것은

네가 자라는 모습을 지켜보는 즐거움을 얻기 위해서란다.

I chose you
because I wanted the pleasure of watching you grow up.

내가 너를 선택한 것은

내가 가진 잠재력을 실현하고

살아가면서 만나는 모든 것을 경험하고 싶기 때문이란다.

모두에게 더욱 흥겨운 휴가가 되길 바라는 마음과

너에게 인생의 소소한 비밀들을 가르쳐주고 싶어서란다.

I chose you···

to help me fulfill my potential.

to help me experience all that life has to offer.

to help make the holidays more festive for all.

so that I could teach you all of life's little secrets.

내가 너를 선택한 것은
너를 통해 다시 놀이를 배우기 위해서지.

I chose you
to teach me how to play again.

내가 너를 선택한 것은
네가 바로 내가 꿈에 그리던 아이기 때문이지.

I chose you
because you are the child of my dreams.

내가 너를 선택한 것은

너에게 이끌렸기 때문이며

너에게는 사랑하는 가족이 필요했고

우리에게도 네가 필요했기 때문이란다.

처음 품에 안았을 때 너의 심장이 뛰는 것을 느꼈기 때문이고

너에게 본보기가 되는 사람이 되고 싶어서란다.

I chose you···

because I was led to you.

because you needed a loving family, and mine needed you.

because I felt your heart beat when I first held you.

because I wanted to be the one to set an example for you.

내가 너를 선택한 것은

모든 아이들에게는 사랑하는 가족이 있어야 한다고 믿기 때문이란다.

I chose you
because I believe every child should have a loving family.

내가 너를 선택한 것은

너는 과거에도 그랬고 앞으로도 늘

내가 선택한 사랑이기 때문이지.

I chose you
because you were and always will be the choice of my heart.

내가 너를 선택한 것은

늘 부모가 되는 것을 꿈꾸어왔기 때문이며

너에게 내 사랑이 필요했기 때문이란다.

너의 가슴으로 부르는 소리가 내 가슴에 와 닿았기 때문이며

내가 소중한 사람에게 애정을 쏟는 걸 너무나 좋아하기 때문이지.

I chose you···

because I have always dreamt of being a parent.

because you needed the love that I had to give.

because your heart called out to mine.

because I love giving my heart to someone special.

내가 너를 선택한 것은
가족 간의 사랑이란 나눔을 의미하기 때문이란다.

I chose you
because the love of family is meant to be shared.

내가 너를 선택한 것은
내가 가야할 길이 너를 향한 것이라고 믿기 때문이란다.

I chose you
because I believe that my path always pointed toward you.

내가 너를 선택한 것은
내가 새로운 전통에 익숙해지고 싶어서지.

I chose you
to teach me new traditions.

내가 너를 선택한 것은

난 아직 아이들 뒷바라지를 그만둘 준비가 되지 않았기 때문이란다.

I chose you
because I wasn't ready to stop raising children.

내가 너를 선택한 것은
나에게 온전히 의지하는 아이를 간절히 원했기 때문이란다.

I chose you
because my heart longed for a child
to depend on me.

내가 너를 선택한 것은

우리가 떨어져 있을 때보다 함께 있을 때

더 강해질 것을 믿기 때문이란다.

I chose you
because I believed that we would be stronger
together than apart.

내가 너를 선택한 것은

너의 모험심에 매료되었고

너의 그 반짝이는 두 눈에 푹 빠져버렸기 때문이지.

내가 모아두었던 장난감들을 네가 좋아할 거라 믿었으며

너를 돌봐주고 싶었고 또 그럴 수 있다는 걸 알았기 때문이란다.

I chose you···

because I was drawn to your adventurous spirit.

because I was smitten by the sparkle in your eyes.

because I knew that you would love the toys
I had collected for you.

because I wanted to take care of you, as I knew that I could.

내가 너를 선택한 것은

너의 관심과 재능을 북돋워주는 사람이 되고 싶어서란다.

I chose you
because I wanted to be the one to encourage
your interests and talents.

내가 너를 선택한 것은
내가 지닌 본성이 허락하는 것보다
더 많은 것을 원했기 때문이지.

I chose you
because I wanted even more than what nature
had in store for me.

내가 너를 선택한 것은

내 가슴속 공백을 채워줄 행복을 얻고 싶어서란다.

I chose you
to bring happiness to the empty places in my heart.

내가 너를 선택한 것은

네가 알아야 할 것을 가르쳐주는 사람이 되고 싶어서란다.

I chose you
because I wanted to be the one to teach you
what you need to know.

내가 너를 선택한 것은

다시 한 번 자장가를 불러주고 싶었고

네가 사랑과 확신이 필요할 때 나를 찾아주었으면 해서란다.

네가 작은 소리로 나에게 속삭여주었기 때문이며

네 생일을 함께 축하하고 싶어서란다.

I chose you···

so that I could sing lullabies once more.

because I wanted to be the one you would turn to
for love and reassurance.

because your little voice spoke to me.

so that I could celebrate your birthday with you.

내가 너를 선택한 것은
우리 가족을 완성하기 위해서란다.

I chose you
to complete my family.

내가 너를 선택한 것은
젊은 마음을 간직하고 싶어서란다.

I chose you
to keep me young at heart.

내가 너를 선택한 것은
너에게 내 성을 붙여주고 싶어서란다.

I chose you
to carry on my family name.

내가 너를 선택한 것은

부모와 자식 간의 사랑을 내가 모르고 있었다는 걸 깨달았기 때문이란다.

네가 아무런 결함 없이 자라주길 바랐기 때문이며

네가 어른이 되는 걸 지켜보고 싶어서였지.

그리고 네가 주는 사랑을 받고 싶어서란다.

I chose you···

when I realized the kind of love I was missing —
that between a parent and a child.

because I needed you to become whole.

because I wanted to help you become an adult.

because I wanted to receive the love you had to give.

내가 너를 선택한 것은

우리 가정이 아이들을 간절히 원하고 있었기 때문이지.

I chose you
because my house was longing for children.

내가 너를 선택한 것은

너에게 한없는 사랑을 가르쳐주는 사람이 되고 싶어서란다.

I chose you
because I wanted to be the one to show you
a love without limits.

내가 너를 선택한 것은

내 부모님이 내게 해주셨던 것을 나도 누군가에게 해주고 싶어서이며

네가 병이 났을 때 돌봐주는 사람이 되고 싶어서란다.

네가 도움이 필요할 때 찾는 든든한 친구가 되고 싶어서이며

때가 되면 손주도 얻고 싶어서란다.

I chose you···

because I wanted to do for someone what
my parents did for me.

because I wanted to be the one to care for you when you are sick.

because I wanted to be the confidant you would one day turn to.

because I also want to be a grandparent one day.

내가 너를 선택한 것은

내 삶에 새로운 기쁨을 보태고 싶어서지.

I chose you
to add new joy to my life.

내가 너를 선택한 것은

너를 인도해줄 든든한 가슴이 되고 싶어서란다.

I chose you
because you needed a strong heart to guide you.

내가 너를 선택한 것은
내가 가장 좋아하는 일이 부모노릇이기 때문이지.

I chose you
because being a parent is what I enjoy most.

내가 너를 선택한 것은

너와 함께 별을 보고 싶었고

단순해도 의미 있는 것들을 지나쳐버리고 싶지 않아서지.

함께 세상의 경이로움을 탐구하고 싶었고

늘 긴장하며 살고 싶어서란다.

I chose you···

to watch the stars with me.

to help me not to overlook the simple but meaningful things.

to explore the wonders of the world with me.

to keep me on my toes.

내가 너를 선택한 것은

너에 대해 처음 알게 된 바로 그 순간이란다.

I chose you
at the moment that I first learned about you.

내가 너를 선택한 것은

너의 얼굴에 웃음꽃을 피워주는 그런 사람이 되고 싶어서란다.

I chose you
because I wanted to be the one to put
a smile on your face.

내가 너를 선택한 것은

너의 그 고사리 같은 손을 잡아주고 싶어서였지.

I chose you
because I wanted to hold your little hand.

내가 너를 선택한 것은

내가 혼자 힘으로 살 수 없을 때 너에게 의지하고 싶어서란다.

I chose you
to look out for me when I am unable
to do so for myself.

내가 너를 선택한 것은

너의 가슴속에서 우리 모두에게 주고도 남을 사랑을 보았기 때문이지.

I chose you
because I could see that you had enough love
in your heart for all of us.

내가 너를 선택한 것은
네가 인생을 되돌아보게 될 때 나를 기억해주었으면 해서란다.

I chose you
because I wanted to be the one you'll remember
when you look back on your life.

내가 너를 선택한 것은

마루 위에서 종종걸음을 치는 너의 작은 발자국 소리가 좋았기 때문이며

네가 두려울 때 나를 소리쳐 불러주었으면 해서란다.

가슴에 품어줄 누군가를 기다리고 있는 너를 바라보았을 때이며

너를 처음 만지는 순간 영원히 안아주고 싶은 마음이 들었기 때문이지.

I chose you···

because I love the sound of little feet running across the floor.

because I wanted to be the one you call out to when you are afraid.

when I saw that you were waiting for someone
to hold you close to their heart.

because when I first touched you, I wanted to hold you forever.

내가 너를 선택한 것은

너의 다정한 웃음을 사랑했기 때문이란다.

I chose you
because I loved the warmth of your smile.

내가 너를 선택한 것은

아이를 안아주고 싶어 몸살이 난 내 품에

너를 보듬어주고 싶어서였지.

I chose you
to fill my arms, which ached to hold a child.

내가 너를 선택한 것은
아이의 눈으로 세상을 보고 싶어서였지.

I chose you
because I wanted to see the world
through the eyes of a child.

내가 너를 선택한 것은

너에게 가족의 따뜻한 사랑을 가르쳐주고 싶고

너와 함께 멋진 삶을 만들어가고 싶어서란다.

내가 받았던 축복을 너에게 나눠주고 싶었고

너의 속삭임이 내 귀에 달콤한 음악처럼 들렸기 때문이지.

I chose you···

because I wanted to be the one to show you the warmth of family.

to share a wonderful life with me.

because I wanted to share with you the blessings
that I have received.

because your little voice was sweet music to my ears.

내가 너를 선택한 것은

내 상상력에 다시 불을 지펴줄 사람이 필요했기 때문이란다.

I chose you
because I needed someone to rekindle my imagination.

내가 너를 선택한 것은

우리는 함께 살아야 할 것 같은 느낌이 들었기 때문이지.

I chose you
because I felt that we were meant to be together.

내가 너를 선택한 것은

우리 집이 네 웃음으로 가득 차길 바라서였지.

I chose you
to fill my house with laughter.

내가 너를 선택한 것은

내가 너를 사랑하는 것만큼 너도 나를 사랑할 거라 믿었기 때문이며

지금보다 훨씬 즐거운 가족 휴가를 보내고 싶어서란다.

네가 누군가의 품이 필요할 때 나를 찾아주었으면 해서이고

너의 눈물을 닦아주는 사람이 되고 싶어서란다.

I chose you···

because I knew that you would love me
as much as I now love you.

to make family vacations all the more enjoyable.

because I wanted to be the one you would reach for
when you need a hug.

because I wanted to be the one to wipe away your tears.

내가 너를 선택한 것은

나 자신을 최선의 모습으로 가꾸기 위해서란다.

I chose you
to help make me the best person I could become.

내가 너를 선택한 것은

어려울 때 위안을 얻기 위해서이며

내 사랑으로 너를 흠뻑 젖게 해주고 싶어서란다.

"모든 것을 이해하고 감싸주는" 그런 사람이 되고 싶어서이며

네가 앞으로 자식을 키울 마음의 준비를 할 수 있도록 도와주고 싶어서란다.

I chose you···

to comfort me in my times of need.

so I could shower you with affection

because I wanted to be the one to "kiss it and make it all better."

because I wanted to make sure that your heart was
prepared for your own child one day.

내가 너를 선택한 것은

너를 업어주는 사람이 되고 싶어서란다.

I chose you
because I wanted to be the one to give you piggyback rides.

내가 너를 선택한 것은

내가 배운 것을 너에게 전해주고 싶어서란다.

I chose you
to pass on to you what I have learned.

내가 너를 선택한 것은
우리가 함께 살면 정말 재미있을 거라는 걸 알기 때문이지.

I chose you
because I knew we would have lots of fun together.

내가 너를 선택한 것은

우리 부모님이 나를 데려가셨던 재미난 곳에

너를 데리고 다시 찾아가보고 싶어서이며,

우리가 다른 이들을 도울 수 있게 되기를 원해서란다.

내가 지금까지 간직했던 추억이 담긴 물건들을

소중한 사람에게 물려주고 싶어서이며,

네가 곤경에 처했을 때 곁에 있어주고 싶어서란다.

I chose you···

to return with me to all the fun places my parents once took me.

so that we could, in turn, be helpful to others.

because I wanted to give someone special the keepsakes I have saved.

because I wanted to be there for you when you
experience life's challenges.

내가 너를 선택한 것은

너에게 누군가가 필요했고 나도 그랬기 때문이지.

I chose you
because you needed someone, as did I.

내가 너를 선택한 것은

우리 집안의 전통을 물려주고 싶었으며

네가 나를 감동시켰기 때문이란다.

너에게 신발 끈 매는 법을 가르쳐주는 사람이 되고 싶었고

이제 우리가 함께 있기를 원해서란다.

I chose you···

to carry on my family traditions.

because you touched my heart.

because I wanted to be the one to teach you
how to tie your shoes.

so that neither of us would be alone.

내가 너를 선택한 것은

내가 가졌던 기회를 너에게도 주고 싶어서란다.

I chose you
to give you the opportunities that were
once given to me.

내가 너를 선택한 것은

내 삶에 네가 없다면 지금처럼 행복하지 않을 거라는 걸

알았기 때문이란다.

I chose you
because I knew that without you in my life
I would not be as happy as I am now.

우리가 너를 선택한 이유

그레고리 E. 랭 글·사진 | 재닛 랭포드 모란 사진
이혜경 옮김

초판 1쇄 인쇄 2007년 1월 25일
초판 1쇄 발행 2007년 2월 7일

펴낸이 | 한 순 이희섭
펴낸곳 | 나무생각
편집 | 김현정 이은주   디자인 | 노은주 임덕란
마케팅 | 나성원 김선호   관리 | 손재형 김선영

출판등록 | 1998년 4월 14일 제13-529호
주소 | 서울특별시 마포구 서교동 475-39 1F
전화 | 334-3339, 3308, 3361   팩스 | 334-3318
이메일 | tree3339@hanmail.net   namu@namubook.co.kr
홈페이지 | www.namubook.co.kr

ISBN 978-89-5937-128-0 03840